Anarkhia

Œuvres du même auteur :

L'Ultime Elément, Aviscène, Edition Chloé des Lys, 2018

Réalisateur de la couverture : K.E.C

Aviscène

ANARKHIA

Avertissement

Ce livre est une fiction inspirée du livre d'Hérodote. La réflexion profonde de cet ouvrage émane des textes sacrés du bouddhisme, du judaïsme, du christianisme et de l'islam.

©Aviscène, France
ISBN 9791096980017
Achevé d'imprimer en octobre 2018 aux USA
par Createspace, Charleston (Caroline du Sud)
Dépôt légal, octobre 2018

Hérodote, Histoires (IV, 14)

« *De son côté, Aristéas, fils de Caystrobios, de Proconnèse, dans un poème épique [Arimaspées], raconte que, possédé de Phébus, il alla chez les Issédons, qu'au-dessus des Issédons habitent les Arimaspes, hommes qui n'auraient qu'un œil ; au-dessus des Arimaspes, les griffons gardiens de l'or ; au-dessus des griffons, les Hyperboréens qui s'étendent jusqu'à une mer ; que, sauf les Hyperboréens, tous ces peuples, à commencer par les Arimaspes, font constamment la guerre à leurs voisins ; que les Issédons furent chassés de chez eux par les Arimaspes, les Scythes par les Issédons ; et que les Cimmériens, qui habitent la côte de la mer du Sud, sous la pression des Scythes abandonnèrent leur pays. Ainsi, lui non plus n'est pas concernant ce pays, d'accord avec les Scythes.* »

— A la tienne, mon ami !

— Hic ! A la tienne !

— Trinquons.

— A quoi au juste ?

— A notre *incompétabilité.*

— Tu veux dire *incompétence…*

— C'est moi le chef. Si je le dis, c'est que cela existe !

— Si tu le dis… Mais attends un peu, c'est moi le chef !

Des rires émanèrent d'une tente dressée au cœur d'une vallée, encerclée de gardes. Les deux chefs d'*Anarkhia* achevèrent jusqu'à la dernière goutte la jarre de vin puis s'effondrèrent sur le sol, la bouche déglutinant de salive, le regard hagard, les vêtements tachetés et les sandales manquantes. Des fragments de vases en céramique jonchaient le tapis cramoisi. Il ne restait plus qu'à faire attention à ne pas perdre un orteil au passage !

Anarkhia, cette tribu qui portait autrefois un autre nom, s'était vue baptisée ainsi par les autres peuplades. Quel opprobre ! Il faut dire que les vices qui rongeaient cette tribu avaient largement contribué à faire sa notoriété à tel point qu'on leur a décerné le titre du lieu le plus infréquentable de la planète et ce, pour quelque raison que ce soit. Le commerce ? N'y songez même pas ! Pour sûr, vous serez emportés avec votre marchandise par les scélérats cachés dans les buissons. Et à supposer que vous soyez nés sous une bonne étoile et que vous arriviez par enchantement à vous infiltrer au sein de la horde, vous en ressortirez certainement riche, oui, mais avec un tas de fausses monnaies que personne n'acceptera ailleurs. Le tourisme ? Si Vous y tenez. Etre réveillés par le chant des ivrognes perchés sur les arbres, harcelés par la multitude de pauvres qui hanteront votre conscience jusqu'à disputer vos chitons[1] ou invités à la table d'un barbare[2] qui vous servira une nourriture abondante certes, mais ô combien malsaine à vous faire rendre les boyaux. Mais n'ayez crainte ! Si la mort venait à vous frapper, vous pourriez *in fine* témoigner de la grandeur de ce peuple qui vous fera participer aux échanges même une fois décédés[3]. Quant à l'éducation, parlons-en ! Il est à se demander si les études de cette tribu sont un lieu d'éducation ou de banditisme. Il serait tentant de jeter un œil sur les papyrus existants. Les pédagogues y enseignent sûrement les sujets suivants : *« Comment piller plus ? »*, *« Faites la guerre, le succès de votre réussite.»*, *«Enivrez-vous ! Concentration réussie. »*. Des papyrus, des tas de papyrus qui enseignent comment exceller dans les comportements immoraux en tous genres.

------

[1] Vêtement en lin au plissé fin, porté par les hommes, les femmes et les enfants dans la Grèce antique.
[2] Les Grecs utilisaient ce nom par mépris pour désigner les peuples qui ne maîtrisaient pas bien leur langue.
[3] Coutume barbare de certains peuples dont les Issédons, qui consistait à couper la tête du défunt qu'on fixait sur un pieu ou sur une perche et qu'on dressait sur la table ou sur les toits.

Voici brièvement les échos qui circulaient chez les voisins alentour. Etait-ce vrai, était-ce pure médisance ? La réalité, en tous cas, semblait s'en approcher...

Le lendemain, n'ayant pas aperçu leurs chefs de toute la matinée, les gardes s'introduisirent sous leur tente. Les deux hommes gisaient dans un piteux état au milieu des débris.

— Qui va là ? demande une voix ronchonneuse.
— Toutes mes excuses, je..., répond l'un des gardes apeuré.
— Qu'attendez-vous ? Faites venir le médecin !

En moins de temps qu'il n'en faut pour le dire, un vieil homme pénétra dans l'abri et enjamba non sans difficulté les objets éparpillés sur le sol pour parvenir aux souffrants.

— Aujourd'hui, vous devriez rester ici, loin du bruit, et prendre le remède que je vous ai prescrit. Vos maux de tête se dissiperont, assure-t-il après les avoir auscultés.

Aussitôt dit, il sortit de son sac du *Tanacetum Parthenium*[4] qu'il demanda à un servant d'infuser puis de servir aux patients.

— Que personne ne les dérange, ajoute-t-il en s'adressant aux gardes. Il leur faut du calme pour reprendre des forces.

✳✳✳

— Comment en est-on arrivés là ? nerveux, Apistos se gratte la main, sa crise d'urticaire s'est encore déclenchée.

— Cela me dépasse, avoue amèrement Pistos.

— Nous ne savons plus par où ni par quoi commencer dans cette tribu.

— En effet, c'est l'anarchie totale !

Un calme olympien se répandit sous la tente.

---

[4] Appelé aussi Grande camomille. Son usage est très courant chez les Grecs. Elle est utilisée pour contrer les migraines, les nausées et les vomissements.

— Quelle est la solution à ce désastre ? Les vices se multiplient. Le nombre de pauvres et de malades s'accroît. Les paysans songent à quitter nos terres. Quant à nos derniers alliés, ceux qui nous fournissaient en denrées, ils nous ont abandonnés.

—Ils ont certainement été influencés par les rumeurs qui circulent, une ride bien profonde se creuse sur le front de Pistos.

—Nous avons bâti une mauvaise réputation. Nous nous sommes fait des ennemis de partout. Nos ancêtres doivent se retourner dans leur tombe.

— Que proposes-tu ?

Apistos fronça les sourcils. Une suggestion échappa de sa gorge nouée ; cela dérogeait à ses principes.

— Aristéas…

Pistos frissonna à la simple évocation de ce nom.

— Tu fais référence au célèbre chaman de Proconnèse[5] ?

— Oui, en personne. Sinon, qui suggères-tu d'autre ?

Le visage de Pistos se raidit, son teint changea de couleur. Il s'abandonna sans résistance sur un siège.

— Personne d'autre. Tu as raison. Faisons-le venir. Après tout, il est très réputé. Il pourrait nous tirer de cette affaire…

---

[5] Aristéas était un poète voyageur semi-légendaire. Connu pour son chamanisme, il aurait vécu en 600 av. J.-C

— Que puis-je pour vous ? demande un foulon[6], honoré de cette visite inattendue.

— Je recherche une peau.

— De la laine, je suppose ?

— Non, du vison.

L'homme réfléchit un instant puis marmonna sur un ton confus :

— Il y a bien longtemps que je n'ai tanné ce type de…

— Ce n'est pas grave, répond le client d'une voix tranchante avant de regagner la sortie.

— Attendez ! Il me revient qu'il m'en reste une dans la remise. Elle date de l'hiver dernier. Etes-vous toujours intéressé ?

---

[6] Ouvrier qui foule le drap, le feutre, qui tanne les peaux, qui prépare les étoffes de laine en les faisant fouler au moulin.

— Absolument !

— Je mettrais un peu de temps pour la retrouver…

— Prenez tout votre temps.

— Je reviens, dit-il en s'éclipsant derrière une porte.

Des envoyés avaient accosté à *Propontide*[7], sillonnant *Proconnèse* dans les régions du sud-ouest pour arriver enfin à *Cinarli*, cité d'origine de l'homme recherché. Sur cette île, les habitants prospéraient grâce aux multiples carrières de marbre qu'ils destinaient à l'exportation. Après quelques investigations, ils virent leur quidam s'introduire dans un atelier et assistèrent, par une fenêtre entrouverte, à cette conversation. En l'absence du tanneur, il était temps de passer à l'action. Ils saluèrent aimablement le chaland en faisant mine de s'intéresser aux feutres lorsque, d'un geste fugace, l'un des complices lui asséna un coup sur la tête puis, aidé de son camarade, le tira sans plus tarder vers la sortie. Interrompus par le grincement d'une porte, ils

---

[7] Mer de Marmara, située entre l'Europe orientale et l'Asie Mineure.

abandonnèrent leur victime sur le sol.

— Mais qui êtes-vous ? l'artisan remarque la masse inerte.

— Nous sommes ses disciples. Nous sommes venus de loin pour le rencontrer et nous l'avons retrouvé à terre.

— Aristéas ! l'homme secoue la victime, par tous les dieux, mais il est mort !

Saisi de panique, il tira la porte derrière lui, alerta quelques passants puis s'empressa d'annoncer la triste nouvelle aux parents du défunt. Entre-temps, les deux malfrats réussirent à s'extirper par la fenêtre, à dissimuler le corps derrière une haie attenante à l'atelier et pour écarter tout soupçon, ils revinrent sur le lieu du drame avant l'arrivée de la foule. Ils seront sûrement interrogés.

Quelques instants plus tard, l'artisan revint de sa mission. Une foule hystérique l'accueillit. Pour calmer quelque curiosité, il expliqua que la famille de la victime viendrait chercher la dépouille et organiserait le rite funéraire[8]. Cette annonce trouva de suite écho chez les âmes charitables qui souhaitaient prêter main forte. Certaines femmes allèrent même jusqu'à se disputer comme des chiffonnières pour occuper le rôle de *pleureuse*[9] Après quelques bousculades dans cette cohue, le foulon parvint à ouvrir la porte de son atelier, les cheveux tout ébouriffés.

— Mais où est passé le corps ? s'exclame-t-il en balayant la pièce du regard.

— Nous souhaitions vérifier qu'il était bien mort mais à l'instant où nous nous apprêtions à le relever, il a disparu[10] ! les deux hommes se regardent d'un air embarrassé.

---

[8] Dans la Grèce antique, le rite se déroulait en trois étapes : le lavage mortuaire et l'exposition du corps, le cortège funéraire puis l'inhumation-crémation.

[9] Elles étaient recrutées pour exprimer la douleur ressentie à la disparition du défunt même si elles ne connaissaient pas ce dernier. Elles s'arrachaient les cheveux et se frappaient la poitrine avec les mains.

[10] Hérodote rapporte qu'Aristéas tomba en catalepsie dans l'atelier d'un foulon à Proconnèse ; mais qu'avant que ses disciples puissent le relever, son corps avait disparu. Histoires, Livre (IV, 14)

Cette affirmation jeta le trouble dans les esprits. D'aucuns soutinrent les dires du foulon qui assurait que son client était mort, tandis que d'autres se contentèrent du témoignage des deux hommes et se dispersèrent comme si de rien n'était. Après tout, la présente version des faits ne faisait que conforter les rumeurs qui circulaient au sujet de l'individu qui était connu dans la région pour son don de bilocation. Qu'il fasse en plus disparaître son corps lui serait chose aisée. Rien d'inquiétant, pensaient-ils, il finira bien par réapparaître.

Sous un ciel brumeux, alors que les deux hommes s'étaient arrêtés un instant pour se reposer, la victime recouvra ses esprits.

— Qui êtes-vous ? Que me voulez-vous ? Où suis-je ? les poignets ligotés, il recule de frayeur.

— Vous serez informé une fois sur place, son interlocuteur brise en deux un petit bout de bois avec lequel il récurait ses dents acérés, Allez, debout !

Aristéas, pauvre Aristéas ! Cet homme qui était connu pour ses multiples voyages extatiques n'en finissait jamais. De retour de Scythe, on lui conféra des pouvoirs chamaniques, ce qui n'était pas de tout repos. A coup sûr, même dans son lit, on le sollicitait pour une poussée dentaire, un objet égaré, un décès prématuré ou un mariage éclaté. Mais que dire, si ce n'est qu'il fallait songer aux désagréments du métier avant de devenir chaman !

Après un long périple tumultueux en mer Egée, le vaisseau accosta un port du Pont-Euxin. Sur le rivage couvert de sable fin, venaient s'échouer quelques vagues rebelles qui déferlaient contre les grands rochers à pic de cette île verdoyante. Le plaisir aurait été entier si une ombre n'était pas venue entacher cette vue imprenable. Une multitude de tombeaux s'érigeaient de toutes parts, de quoi glacer le sang d'Aristéas qui commençait sérieusement à s'interroger sur son devenir. Les voyageurs longèrent quelques côtes pour arriver enfin à *Anarkhia*.

Accueilli par les chefs, le captif eut droit à une pause pour s'alimenter. Sur une table basse furent dressées des écuelles en métal contenant de la viande, des légumes et des céréales. Une galette de blé, du fromage et une coupe de vin furent également servis comme accompagnement pour rallier à leur cause cet invité tant attendu. Une klinê[11] en bronze assurait son repos. Il serait dommage que la faim, l'insatisfaction ou la fatigue viennent nuire au bon déroulement de la mission.

— Nos gardes vous raccompagneront chez vous, une fois notre problème résolu, assure Pistos.
— Nous vous avons préparé le matériel dont vous aurez besoin, ajoute Apistos.

Sur une étoffe, furent disposés en guise de totems, une tenue confectionnée de peau animale, une toge garnie de plumes ainsi que quelques outils réputés chamaniques dont quarante et une pierres, un tambour et une baguette.

Après un court répit, l'homme s'assit en position de lotus sur le tissu et interrogea les chefs sur le motif de sa venue. Prêtant une oreille attentive au récit de ses

---

[11] Canapé utilisé dans la Grèce antique pour dîner.

plaignants, il rassembla les pierres dans ses mains puis les lança sur la toile. Consterné par le résultat, il répéta l'opération.

— Votre problème est plus grave que ce que je pensais, la solution est bien enfouie. Les pierres n'arrivent pas à me renseigner.

— Que faire ? demande Apistos, inquiet.

— Il me faut passer à la cérémonie du feu. Pour ce faire, il me faut du chanvre.

En cette nuit étoilée, les chefs, flambeaux à la main, se rendirent derrière la tente à l'abri des regards indiscrets. Seuls deux gardes chargés de transporter les affaires du chaman assureraient la surveillance des lieux. Sur place, l'homme remarqua l'absence d'un élément important.

— Il me manque la baguette.

— La baguette ? Pistos fixe son interlocuteur d'un air étonné.

— Oui. Si je n'unis pas les solstices, comment transformer l'énergie du feu en manifestation physique ?

— Mais nous vous avons fourni une baguette ! proteste Apistos.

— Celle-ci est faite de bois mort et ne m'est d'aucune utilité.

— Mais comment vous la procurer ?

— J'ai aperçu un noisetier non loin de votre tente. Je dois lui demander la permission pour couper son bois. Ensuite, je lui enlèverai délicatement l'écorce et la sculpterai.

Les chefs, surpris que l'on puisse parler à un arbre, crurent à un stratagème planifié par le chaman pour s'enfuir. Ils ordonnèrent aux gardes de le surveiller de près.

Quelques instants plus tard, le mage revint à l'autel, la baguette magnifiquement sculptée à la main puis il enfila délicatement sa tenue.

— Maintenant, que chacun me remette un cheveu, la voix grave du chaman sonne comme une sentence.

Pris au dépourvu par cette étrange demande, les hommes tressaillirent. Ils ravalèrent leur salive puis s'exécutèrent. La cérémonie put commencer. Le sorcier se tint face aux herbes qui s'embrasèrent sous les regards captivés par la danse nuptiale de l'air et du feu. D'un geste généreux, il jeta les poils dans les flammes puis se laissa vibrer au rythme d'étranges incantations qu'il accompagna de percussions. Tout à coup, l'homme en transe, poussa un profond hurlement et fut saisi de catalepsie. Les gardes le transportèrent sous la tente. Un grand bol d'eau sur la figure lui fit retrouver toute sa lucidité.

— Je n'ai pas de solution à votre problème, dit-il en crachant les poumons.

— Comment se fait-il que vous ayez autant suffoqué sans trouver une solution ? rétorque Pistos, abasourdi.

— Il s'est trop approché du feu, chuchote Apistos en donnant discrètement un coup de coude à son ami.

— J'ai suffoqué à la vue d'un Sage qui m'est apparu durant mon voyage…Par Apollon, la réponse se trouve chez lui et lui seul…confie-t-il en vomissant de la suie.

— Où peut-on trouver ce Sage ?

— Il est au fin fond de la forêt, dans une grotte.

— Pourquoi cela doit-il être au fin fond d'un endroit ? Apistos se méfie.

— Doit-on lui remettre des offrandes ? Pistos tenait l'homme par les épaules, son regard plongé dans celui du sorcier.

— Non. Il n'a besoin de rien.

Soulagés par cette nouvelle, les deux compagnons prirent une décision. Après tout, la solution préconisée ne pouvait être pire que la situation dans laquelle ils se trouvaient.

— Attendez ! N'oubliez pas un détail, dit le chaman.

— Lequel ?

— Sa réponse sera concise et vous ne pourrez ajouter mot…

Le sorcier fut confié à la surveillance des gardes. Il sera bien traité en l'absence des chefs. Ces derniers se préparèrent pour le voyage. Affublés de costumes de combat, épées dans les fourreaux, endromides[12] aux pieds, ils chargèrent le char d'une quantité abondante de vin, d'eau et de vivres. Il y avait bien là de quoi nourrir tout un régiment…

— Qui va gérer notre tribu en notre absence ? le regard d'Apistos s'attarde sur les quelques tentes agitées. Les habitants veillent comme à leur habitude ; encore une nuit bien arrosée.

— Ils ne s'apercevront même pas de notre absence, Pistos lève les épaules et détourne son regard avec amertume.

---

[12] Haute chaussure en cuir, lacée sur le devant, couvrant la moitié de la jambe. Les grecs le portaient pour aller à la chasse.

Le voyage se fit sans embuche. Les montagnes étendues de verts pâturages parcourues, les guerriers s'infiltrèrent difficilement dans une zone boisée composée de futaie et de taillis. Etrange ! Ils ne se sont pas fait dépouiller. Sans doute, le déshonneur les poursuivait telle une ombre que les brigands trouveraient honteux de s'approprier un quelconque objet leur appartenant !

Arrivés au pied d'un arbre dont l'écorce ressemblait étrangement à une peau de serpent, ils défirent le joug qui retenait leurs montures. Les chevaux se nourriront des végétations présentes sur les lieux.

— Sacré spécimen ! Pistos examine de près ce tronc brun rosé qui dégageait un liquide jaunâtre.

— Je ne te le fais pas dire, ce platane[13] est sublime !
l'attention d'Apistos se porte sur les grandes feuilles plates et les petites fleurs en forme de chatons qui venaient adoucir les traits de ce bois dur.

Après une halte dans ce lieu paisible où ils décidèrent, au vu de cette flore imposante, d'abandonner pour un temps le char qui devenait encombrant, les compères continuèrent leur périple à dos de cheval. Au crépuscule, ils discernèrent une grotte au pied d'une falaise. Les bêtes soigneusement attachées, ils s'emparèrent d'un bout de branche pour confectionner une torche qu'ils enveloppèrent d'un tissu.

A l'intérieur du lieu prédit par le chaman, les cœurs s'emballèrent dans la pénombre face au clapotis des gouttes qui tombaient de la voûte.

---

[13] Les Grecs associaient le platane à Gaïa, la déesse mère de la Terre. Il est le symbole de la régénération. Le platane a une forte symbolique. Le célèbre médecin Hippocrate, né vers 460 av. J-C, enseignait sous un platane du temple Asclépios situé sur l'île de Kos

— Aaaah ! s'écrie Pistos.

— Pardon ! Je t'ai écrasé un pied ?

— Non, non ! J'ai remarqué une silhouette !

Les deux hommes tremblèrent de tout leur être tombant dans les bras l'un de l'autre, lâchant la torche qui s'éteignit. Aussitôt, une lumière surgit de l'obscurité laissant transparaître au loin, une ombre aux formes vagues. Comprenant qu'il s'agissait du Sage, Apistos, frissonnant, s'efforça pour bien soumettre sa requête.

— Nous sommes les deux chefs d'une tribu où l'anarchie a supplanté notre autorité. Comment y remédier ?

Seul le son de déglutition des plaignants se fit entendre dans cette caverne. C'est alors qu'une voix ténébreuse s'éleva dans le silence.

« Je vous prescris une solution que vous trouverez en vous, loin de chez vous, dans cette forêt, en quarante jours, à compter d'aujourd'hui. »

Pistos, dans l'attente de la suite de l'énoncé, ne put s'empêcher.

— Pardon. Vous avez oublié de nous éclairer davantage !

La lumière s'éteignit. Les deux chefs réalisèrent que, l'entretien achevé, ils devaient quitter les lieux.

✳✳✳

Les deux alliés rebroussèrent chemin, en direction de l'arbre où ils avaient abandonné leurs provisions.

— Que faire Pistos ?
— Je ne sais pas. Il ne sert à rien de revenir dans notre tribu sans avoir trouvé de solution.
— Le Sage nous a dit de rester quarante jours dans cette forêt pour trouver une réponse.

— Si quarante jours suffisaient, pourquoi ne l'avons-nous pas trouvée auparavant ?

— Nous nous en sommes jamais inquiétés, répond Pistos.

— Quant aux forêts, ce n'est pas ce qui nous a manqués. Nous en avions parcouru quelques-unes sur nos terres natales.

— En effet…

— Alors, je ne vois que deux possibilités ; ou le Sage n'est pas si sage qu'il y paraît ou Aristéas est un charlatan ! la tête baissée, Apistos écarte d'une main agacée les quelques branches qui s'amusaient à donner un coup de peigne à son crâne dégarni.

— Pour la première hypothèse, je n'en suis pas si sûr...

— Que veux-tu dire ?

— Quel intérêt aurait le Sage à nous mentir ? Il n'a rien pris en contrepartie.

— Il faut dire aussi, quelle contrepartie pour des propos aussi nébuleux ?

— Je suis d'accord. Toutefois, il n'a rien demandé. Il aurait très bien pu ne pas nous répondre.

— Tu n'as pas tort. Quant à Aristéas, pour quelle raison nous tromperait-il ?

— Aucune. Il perdrait sa réputation et offrirait son corps au bûcher. A moins qu'il n'ait concocté un stratagème pour nous éloigner et prendre ainsi les commandes de notre tribu ! Pistos s'affole à cette pensée.

— Non, je ne pense pas. Il faut être fou pour convoiter notre place et aspirer à devenir le chef d'*Anarkhia* !

— Assurément. Qui s'encombrerait d'une telle tribu ?

Désespérés, les chefs laissèrent échapper un long soupir.

— Je pense qu'il nous faudra rester ici à attendre une solution.

— Tu crois que nous toucherons le pactole[14] ? demande Apistos.

---

[14] Expression désignant la richesse. Dans la mythologie grecque, le roi Midas de Phrygie avait fait une bonne action envers les dieux suite à quoi son vœu fut exhaussé. Tout ce qu'il touchait se transformait en or. Sa nourriture et sa boisson n'ayant pas échappé à la transformation, il comprit de suite qu'il mourra de faim et de soif. Pour annuler son vœu, il dut se laver les mains dans une rivière qui s'appelait le Pactole.

— Peut-être. A moins que le Sage ne nous transforme en quelque chose. J'espère seulement qu'il ne touchera pas à mon épaisse chevelure[15]. J'ai mis du temps à la faire pousser !

Apistos rit à cette éventualité. Il ne fallait surtout pas toucher aux cheveux de son ami ; c'était du domaine du sacré. Peu de temps après, ils aperçurent le grand platane au-dessous duquel ils avaient campé la première fois.

— Bien. Installons-nous ici, Pistos descend de son cheval en prenant le temps de bien étirer ses muscles.
— J'espère qu'on ne finira pas dans la gueule d'un fauve, Apistos scrute avec méfiance cet endroit hostile.

A la nuit tombée, un feu de camp fut allumé. D'étranges cris de paons résonnaient dans cette forêt dont les feuillages frémissaient au contact du vent, faisant sursauter à plusieurs reprises les deux

---

[15] Certains peuples Indo-Européens dont les Issédons se glorifiaient de leur épaisse chevelure.

voyageurs. Le sentiment d'être observés par on ne sait quelles créatures commençait à les hanter. Apistos, à l'esprit prosaïque[16], redoutait une attaque de bêtes féroces. Pistos, hanté par ses croyances, se voyait capturé par les harpies[17], démembré par les cyclopes ou abattu par les griffons[18]. Au cours de la nuit, leurs facultés auditives se décuplaient. Les sons s'amplifiaient et se brassaient transformant cette forêt enchanteresse en un lieu fort angoissant. Chaque frottement d'élytre produit par les grillons, chaque hululement de hibou, chaque bruissement émis par cette faune minuscule qui transportait les quelques restes de nourritures ou qui raccommodait les derniers fils d'une toile inachevée, faisait palpiter les cœurs des aventuriers qui s'agrippaient fermement à leurs épées. Ce n'est qu'au milieu de la nuit que les bruits s'estompèrent et que les paupières purent enfin se rabattre.

---

[16] Terre-à-terre.

[17] Divinités grecques de la dévastation et de la vengeance, au visage féminin et au corps d'oiseau.

[18] Créature légendaire à la tête d'aigle greffée sur un corps de lion qui amassait des trésors dans son nid.

A Proconnèse, un voyageur fut interpellé par les visages abattus de quelques passants.

— Que s'est-il passé ici ?

— Aristéas est mort ! répond une femme désœuvrée.

— Comment cela ?

— Il a disparu dans l'atelier du foulon. Nous sommes perdus. La malédiction va s'abattre sur la cité !

— Mais qu'est-ce donc cette histoire ? Je l'ai rencontré sur la route qui mène à Cyzique[19] !

Les gens se réunirent autour du voyageur. Des voix s'entremêlaient dans la foule et à l'homme de leur assurer qu'Aristéas était toujours en vie.

---

[19] « Toute la ville était déjà au courant de sa mort lorsqu'un homme contredit ceux qui l'annonçaient : c'était un habitant de Cyzique, qui arrivait d'Artacé et déclarait avoir rencontré Aristéas en route pour Cyzique et lui avoir parlé.» Hérodote, IV 14 (trad. A. Barguet, pp. 364-5).

Le lendemain, les deux acolytes se réveillèrent tard dans la matinée. Apistos se dirigea vers son cheval pour y récupérer la gourde d'eau lorsqu'il remarqua, au loin, des traces de sang. Il s'essuya le visage puis s'approcha pour vérifier de plus près.

— Pistos ! Viens vite !

— Que se passe-t-il ?

— Les jarres sont renversées !

— Qu'allons-nous devenir ?

— Retournons à la tribu ! Nous ramènerons du vin.

— Mais ça serait une entrave à la parole du Sage !

— Comment cela ?

— Souviens-toi Apistos. Il nous a dit de rester ici pour une durée de quarante jours à compter d'hier, loin de chez nous !

— Flûte ! Il ne manquait plus que ça !

De loin, une chose étrange attira la curiosité des voyageurs.

— Apistos, le buisson bouge…
— Je pense que nous tenons notre coupable !

Les chefs s'avancèrent sur la pointe des pieds, épées à la main quand le craquement d'une brindille sous leurs chaussures fit échouer l'opération. Un renard sortit de sa cachette échappant aux hommes enragés qui le pourchassaient à jets de pierres. Apistos réussit à blesser le fugitif qui poursuivit sa course en poussant des glapissements à fendre la roche.

— Saleté de bête ! Peste Apistos
— Tu l'as blessée, elle n'ira pas bien loin.

Les hommes revinrent sur leurs pas, les visages défaits. Anxieux, Apistos fit des va-et-vient, en déversant sa colère sur les petits cailloux qui se trouvaient sur son trajet.

— Bon. Ne nous affolons pas, Pistos tentait de rassurer son ami dont la main commençait à le démanger.

— Facile à dire ! Que proposes-tu ?

— Occupons-nous ! Construisons un abri pour nous préserver du danger ! Hier, je n'ai pas pu fermer l'œil.

— Tu as raison. Il ne sert à rien de se lamenter. Il nous faut aussi trouver un moyen pour compter les jours.

— Des cailloux feront l'affaire.

— Je m'en occupe mais si j'oublie, rappelle-le-moi !

Les chefs s'attelèrent à couper du bois. Leur manque d'expérience ne passa pas inaperçu. Les arbrisseaux tremblaient à l'approche de ces bûcherons en herbe qui ne savaient pas s'il fallait couper les troncs ou s'attaquer aux branches. Certains, au bord de l'évanouissement, cédaient facilement quand d'autres, plus tenaces, leur faisaient affront. Loin de se décourager, les forçats s'acharnèrent jusqu'à obtenir la quantité de bois nécessaire pour construire une cabane puis, à l'aide de quelques lianes, ils ficelèrent l'ensemble. Le résultat était satisfaisant.

— C'est bien la première fois que nous construisons quelque chose, remarque Apistos.

✳✳✳

A la nuit tombée, le climat s'adoucit. Les chefs s'apprêtaient à dormir quand un étrange mal s'invita.

— Couvre-moi ! Je ne sais pas ce que j'ai, je tremble.
— Je vais allumer un feu. Moi aussi, j'ai des frissons, marmonne Apistos avant de s'écrouler.

Le teint pâle, les yeux perdus dans le vide, les lèvres asséchées, ils s'effondrèrent sur le sol en se tordant de douleur. Frappés par une série d'hallucinations, le mal eut raison de leur force. Harassés, ils s'endormirent jusqu'au petit matin.

— Ma tête… gémit Pistos qui s'efforçait de sortir de sa léthargie.

— J'ai cru un instant que j'allais y passer…Que s'est-il produit ? fit Apistos d'une voix nasillarde.

— Je pense que c'est dû au manque.

— Mais que faire si ces tremblements nous rattrapent ?

— Il y a un village au pied de la montagne. Ils auront sûrement une taverne.

— Prenons nos chevaux !

— Non. Il vaut mieux les laisser ici. Restons discrets !

✻✻✻

Derrière les noyers qui bordaient la forêt, des bêlements retentirent. Le bruit s'amplifia. Un berger surgissant de nulle part courait derrière son troupeau, sommant les bêtes de rentrer dans les rangs. Dans un paysage vallonné, des maisonnettes se dévoilaient peu à peu devant les yeux des deux comparses qui continuaient paisiblement leur marche.

Un vent frais se leva ; des nuages avaient insidieusement grignoté le ciel. Le tonnerre gronda et une pluie saccadée se déversa sur les lieux. Un bruit sourd secoua la terre. Les deux hommes s'étaient pris les pieds dans une barrière atterrissant de tout leur long dans la boue. De vilains sobriquets furent proférés à l'encontre du sort. Ils aperçurent une taverne, se redressèrent sans plus tarder et s'y introduisirent. A la vue de ces créatures sorties tout droit d'un marécage, les villageois ne purent contenir leurs rires. Les hommes s'efforcèrent d'ignorer les moqueries en s'avançant vers le comptoir.

— Servez-nous deux jarres de vin, Apistos prend un air assuré.

Le patron les regarda d'un air amusé.

— Avec grand plaisir mes mignons, le gérant se baissa puis réapparut avec un bâton, je vous suggère ceci, ça aura meilleur goût !
— Mais nous avons de quoi vous payer ! riposte Pistos.

A la vue des pièces de monnaie, le patron des lieux rit à ventre déboutonné tout en se tournant vers l'assemblée.

— Voyez donc ces comiques ! Des pièces d'*Anarkhia* ! Certainement de la fausse monnaie. Jetez-moi ces sacs à vin [20]dehors !

En un tournemain, les indésirables furent envoyés embrasser la boue. Dégainer leur épée à cette occasion était tentant mais compte tenu du nombre de leurs adversaires, leur défaite serait cuisante.

— Que fait-on maintenant ? Apistos vomit la terre qu'il venait d'avaler.
— Cachons nous derrière ce buisson. A l'aube, nous reviendrons et emporterons deux petites jarres.

De longues heures d'attente défilèrent. Les signes du manque se faisaient ressentir. Les visages ruisselaient, les mains tremblaient, les cœurs se

---

[20] Juron utilisé par les Grecs.

compressaient à s'en asphyxier. Contrairement à ce qui était prévu, ils se décidèrent à agir avant l'aube. Plusieurs villageois avaient regagné leurs demeures. Passer par derrière était La solution.

Le loquet d'une fenêtre céda facilement. Les malandrins se faufilèrent dans une pièce sombre éclairée par un rai de lune. Le grand cru les attendait.

— Apistos, j'en tiens une !

Pistos se jeta sur la jarre et but une lampée de vin, bousculé par son ami qui en fit autant.

— Vite ! On prend celle-là, elle est moins lourde.
— Non, il nous en faut deux !
— On ne pourra pas prendre les deux !
— Et vous croyez vraiment qu'on va vous laisser le choix ? les interrompit une voix qui finit de les achever.

Le patron des lieux ainsi que trois valeureux gaillards se tenaient devant la porte.

— Vous avez là du bon rouge, Pistos essaie de meubler ce silence qui aspirait le peu d'air qu'il restait pour respirer.

— N'est-ce pas ? Que diriez-vous d'un *Cycéon*[21] en guise d'accompagnement ? s'esclaffe le patron qui finit d'ajouter à l'adresse des trois musclés, vous savez ce qu'il vous reste à faire !

Les hommes de main se jetèrent d'un coup sur les deux lascars. La taverne s'agitait au rythme des coups de pieds et de poings qui s'entremêlaient, cadencés tantôt par le bruit de quelques ustensiles fracassés, tantôt pas des cris endiablés.

Les chefs réussirent à se faufiler sous la mêlée et à s'enfuir. Portant leurs jambes à leur cou, ils s'enfoncèrent dans le bois, courant à hue et à dia, pour échapper au danger. Quoique la lune partage généreusement son éclairage, les hautes cimes des arbres interceptaient ce don salvateur de la nature tant

---

[21] Mélange d'eau et de gruau d'orge que les Grecs assaisonnaient avec des herbes aromatiques.

et si bien que les chefs se heurtèrent à plusieurs troncs et trébuchèrent sur bon nombre d'obstacles. Ceci étant, l'instinct de survie était tel qu'il ne fallait plus se retourner. Lorsqu'ils parcoururent une distance assez prudente, les fugitifs marquèrent une pause pour reprendre leur souffle.

— C'est le supplice de Tantale[22]! Nous étions si près du but, Pistos suffoque intensément.

Les deux rescapés s'assirent au pied d'un arbre, attendant impatiemment les premiers rayons du jour. Au lever du soleil, Apistos se rendit compte de leur égarement.

— Tu reconnais les lieux ? dit-il d'un air soucieux.

---

[22] Tantale était le fils de Zeus et de la nymphe Plota. Il fut expédié aux enfers par son père pour purger sa peine. Immergé dans l'eau d'un ruisseau, il fut condamné à souffrir de la faim et de la soif. A chaque fois qu'il essayait de boire de l'eau, elle lui filait entre les doigts. A chaque fois, qu'il tentait de saisir un fruit, le vent éloignait les branches.

— Qu'est-ce que je disais ? Nous sommes condamnés à errer et à souffrir.

— Allons ! Ne sois pas défaitiste. Il nous faut retrouver le grand platane, il n'y en a pas beaucoup de cette taille sur l'île. Et le seul moyen de le repérer se trouve au-dessus de ta tête…

— Euh, merci. Sans façon. Tu sais très bien que je souffre de vertiges.

—Tes vertiges sont dus au manque mais là, tu as l'air en pleine forme. Allez, mon ami, tu n'as pas été cabossé contrairement à moi. Regarde un peu ces bleus sur mes genoux, ces morsures et griffures sur mes bras.

—Ma parole, de vrais sauvages ces villageois ! Bon, d'accord. Mais si je venais à tomber, enterre-moi discrètement ici. C'est tellement bête de mourir de cette façon que je préfère que cela reste entre nous.

— Il ne t'arrivera rien. Courage ! Je suis derrière toi.

Loin d'être convaincu, Pistos déchira un bout de son tissu pour protéger ses mains et escalada le grand arbre dont il ignorait l'espèce, sous les encouragements de son ami qui redoutait un abandon de sa part. Tel un paresseux[23], il s'accrocha lentement aux branches, hésitant à en enjamber quelques-unes de peur qu'elles ne se brisent sous son poids. Dans son effort, des jurons furent lâchés à tout va. Il grommela, suinta, pesta à en perdre la respiration. Arrivé au sommet, il inspira profondément, fier de son exploit.

— Alors, tu l'aperçois ? Apistos s'impatiente.

Pistos scruta les environs. Devant cette immense forêt composée de peupliers, de canneliers, de pins et de palmiers, il peinait à discerner le platane. Il tourna son regard vers la montagne et aperçut le village. Les brebis s'adonnaient à leur rituel. Après quelques efforts de concentration, il arriva enfin à situer l'arbre.

Sur le chemin du retour, les voyageurs évincèrent quelques plantes importunes lorsqu'un ruissellement les interpella. Ils se laissèrent guider par le son. Sur leur

---

[23] Mammifère arboricole qui se déplace lentement

flanc droit, s'échappait un halo de brume. En regardant de plus près, ils découvrirent un bassin alimenté par une source d'eau chaude. Le volcan ne devait pas être loin. Tout va pour le mieux, songèrent-ils, pourvu qu'il reste inactif. En un éclair, les habits expédiés, les chairs dénudées occupèrent les lieux. Un sentiment de bien-être les envahit. Ils s'abandonnèrent sans résistance aux mains soyeuses de l'eau écarlate qui semblait emporter dans ses filets, à l'instar d'un baptême, les souillures du corps et de l'âme. Mais le plaisir prit fin lorsque le souvenir de la liqueur pourpre s'invita à la cérémonie.

— Et dire qu'on a fait tout cela pour avoir un peu de vin, s'indigne Pistos.

— Je pense qu'il faudra nous occuper l'esprit avec quelque chose d'autre, suggère Apistos qui s'empare de son vêtement.

— Mais si le manque venait à nous rattraper ?

— Rabattons-nous sur la nourriture à chaque fois que l'envie de boire se fait ressentir !

Arrivés à leur repère, le grand platane accueillit de son air paternel les deux réfugiés sous son feuillage. Ces derniers tombèrent face contre terre, bienheureux d'avoir échappé au pire…

***

Un fracas, des cris, des pleurs, les chevaux qui hennissent. Les sueurs s'entremêlent. La mort s'invite et arrache les âmes de corps autrefois insouciants.

— Pistos ! Tirons-nous vite d'ici !

— Non ! Nous ne pouvons pas le laisser mourir !

— Nous ne pouvons plus rien pour lui ! Il est mort ! Sauvons-nous avant qu'il ne soit trop tard !

— Père ! Père !

— Pistos, réveille-toi, ce n'est qu'un cauchemar !

Les yeux saillants, Pistos prit son visage entre ses mains et laissa échapper ses larmes sous le regard impuissant de son ami.

— Tu ne l'as pas abandonné. Son heure était venue comme viendra la nôtre, répond Apistos qui regagne d'un air grave la sortie de l'abri.

Les idées noires revenaient sans cesse envahir les esprits torturés par un passé douloureux. Chassés de leurs terres natales, il fallait qu'ils préservent celle qu'ils avaient conquise. Sans doute, étaient-ils trop jeunes, trop insouciants, trop inexpérimentés pour prendre la relève.

***

Les rayons de soleil s'infiltrèrent timidement dans la cabane, effleurant la peau tannée des deux endormis. Ces derniers, plongés dans un profond sommeil, grommelèrent puis se retournèrent sur le flanc pour échapper à la lumière taquine.

L'air était lourd. Le sol se mit à craquer sous l'effet de la chaleur provoquant un mouvement de panique chez les insectes qui abandonnèrent leur abri en quête de fraicheur. Le ciel échangea sa parure bleutée contre celle d'un gris anthracite, plongeant la forêt dans l'obscurité. Tel un roulement de tambour, un bruit émanant de la voûte nuageuse alerta les deux voyageurs. Soudain, une bourrasque de pluie s'abattit violemment sur le sol fiévreux qui, une fois rassasié, rendit le trop-plein d'eau. Un petit ruisseau se forma, traçant son chemin dans la sente, inondant sur son passage la petite cabane sous le regard impuissant de ses occupants. Les chevaux poussèrent des hennissements affolés, tirant sur les cordes qui les maintenaient prisonniers. Le vent rugissait de plus belle. Quelques branches cédèrent. Les équidés, ayant réussi à se libérer, entamèrent une course folle puis disparurent dans la pénombre. Un spectacle de désolation digne d'une scène apocalyptique s'offrit à la vue des deux hommes dont la forme rabougrie faisait penser à deux enfants qui auraient été punis pour quelque faute. Plus aucun mot ne fut prononcé. Une profonde inquiétude se lisait dans leur regard. Sur cette île au climat tempéré, les pluies diluviennes se faisaient très rares. Rien ne laissait présager un tel déchaînement de la nature. Pour la toute première fois de leur existence, ils se sentirent entièrement livrés à eux-mêmes…

Lorsque l'averse prit fin, le soleil, plus vif que lors de son éclosion matinale, épongea le décor. La vie dans la forêt reprit son cours. Les deux hommes, perdus dans les méandres de leurs émotions, restèrent un long moment silencieux. Leur réserve de colère épuisée, ils purent enfin réfléchir. Après concertation, ils décidèrent de construire une cabane étanche. Pour ce faire, ils choisirent un tertre situé à proximité du platane et amassèrent toutes les branches que mère-nature avait eu la bonté d'arracher. En s'inspirant de la technique du cannage, ils confectionnèrent un treillis pour les côtés et la toiture. A l'aide de quelques feuilles de plantes grasses, ils revêtirent la cabane et le sol. Satisfaits de leur travail, ils pénétrèrent dans l'abri et s'allongèrent sur le feuillage. Pistos scruta longuement le plafond lorsque, d'un mouvement brusque, il se redressa sur son séant et laissa échapper :

— Tonnerre de Zeus !

— Que se passe-t-il ?

— Que se passe-t-il ? Cela fait neuf jours que nous tournons en rond. Mis à part le seau d'eau que les dieux nous ont envoyé sur la tête, pourquoi ne nous répondent-ils pas ? son ton pantois déclenche les rires de son ami. Et ça te fait rire ?

— Que veux-tu que je te dise ? C'est normal !

— Tu trouves ça normal ?

— Oui. Il n'y a qu'à sentir ton haleine pour s'en rendre compte.

— Comment ?

— Tu me fais penser à une blague. *« C'est un homme ayant mauvaise haleine qui passe son temps les yeux tournés vers le ciel à faire des prières. Zeus se penche et dit : « S'il te plaît ! Je t'en prie ! Sous terre aussi, tu sais, il y a des dieux !* »[24] Apistos se rue à terre en gloussant devant la mine hébétée de son compagnon.

✱✱✱

Un quartier de lune veillait sur cette forêt partiellement endormie. Apistos ne parvint pas à fermer l'œil. Assis sur une étoffe, les jambes repliées, il fixait avec inquiétude son ami qui marmonnait dans son sommeil quelques paroles décousues. Sa main effleura les quelques cailloux disposés près de sa couche qui lui servaient à compter les jours. D'un geste agacé, il se leva pour respirer un peu d'air frais. Il est de ces moments où plus rien n'a de sens. Que faisaient-ils dans ces lieux, loin de chez eux ? Qu'espéraient-ils trouver de si précieux qui vaille la peine de sacrifier leur confort ? Il secoua la tête pour chasser les voix qui ajoutaient de l'acrimonie à son esprit exacerbé quand son attention se porta sur une lumière étrange. Des

---

[24] Blague retrouvée dans le plus ancien recueil des blagues grecques, le *Philogelos, qui daterait du III* ème *ou IV siècle après J-C.*

petits points jaunes et verts scintillaient dans le noir. Il s'approcha lentement pour admirer de plus près ce spectacle que lui offraient quelques lucioles qui s'étaient rassemblées pour se reproduire. Les pupilles d'Apistos, happées par cette scène hypnotique, s'agrandirent une fraction de seconde. Ces petites bestioles, bien que minuscules, avaient la faculté de générer leur propre lumière. « La solution est en nous, a dit le Sage», Apistos semble saisir le sens qui lui avait longtemps échappé…

Malgré une nuit quelque peu mouvementée, une envie se fit ressentir au réveil.

— Pistos, j'ai besoin d'être seul pour réfléchir à notre problème. Séparons-nous durant la journée ! Nous nous retrouverons le soir et nous ferons le point sur nos réflexions.
— C'est une bonne idée.

Les chefs emportèrent des provisions. Pistos se rendit à la source d'eau chaude. Ce serait l'occasion de prendre soin de son hygiène buccale. Eh oui, la blague de son ami ne l'avait pas laissé indifférent. Quant à Apistos, il préféra gravir le sommet de la montagne pour admirer, en temps voulu, le coucher de soleil. A ce dessein, il ne fallait surtout pas croiser les villageois sur sa route. Aussi, il s'affaira à laisser des marques sur son passage pour ne pas s'égarer au retour.

Le soir venu, les deux chefs revinrent se concerter auprès du feu.

— Qu'as-tu trouvé, mon ami ?
— Pour tout te dire, je me suis endormi sur la berge toute l'après-midi, confie Pistos honteux, c'est sans doute à cause du ruissellement de l'eau. Et toi ?
— J'en ai fait de même. Le vent de la montagne m'a littéralement assommé avant même d'atteindre la crête.

✳✳✳

Les trois jours qui suivirent, les chefs furent terrassés par une grande fatigue. Leurs corps, assaillis par des douleurs sans précédents, se déplaçaient difficilement. L'envie de discuter n'y était pas. Quelques instants plus tard, ils finirent agenouillés, la tête en avant, à vomir leurs nourritures. Soulagés, ils s'adossèrent contre le platane, les jambes étirées et les mains tombantes.

— J'ai trop mangé, lâche Pistos, trempé de sueur.

— Nos corps n'ont plus suivi nos excès.

— De toute façon, nous ne pouvons plus continuer à ce rythme-là. Nous n'aurons plus assez de provisions pour tenir jusqu'au quarantième jour.

— Tu as raison. Je pense qu'il nous faudra réduire nos rations.

— Pour ne pas dormir le ventre vide, je propose de manger le soir, lors de nos retrouvailles.

Plusieurs jours s'étaient écoulés avant que les voyageurs ne décident, pour la toute première fois, de réduire leur alimentation. Cela ne se fit pas sans difficulté. Après trois jours d'abstinence, leurs corps, non habitués à la privation, déclenchèrent nausées et vertiges, mais le malaise ne tarda pas à s'estomper au fil du temps.

***

Une douce brise fit vaciller le feuillage du platane provoquant des sifflements qui résonnaient dans ce sous-bois tel un petit air de flûte. Réveillés par cette mélodie ensorceleuse, les hommes se sentirent animés par de belles émotions. Le ciel azur, orné d'un beau soleil de printemps, venait décrisper les visages renfrognés de la veille. Comme convenu, les aventuriers se séparèrent, chacun endossant sa cape de pèlerin en direction des lieux qui les appelaient d'une étrange façon. Apistos, troublé par les hauteurs, s'élança vers la montagne tandis que son ami privilégia la compagnie des cours d'eau. Bien que leur chemin diffère, ils éprouvèrent un sentiment de bien-être à la vue de ces paysages édéniques, mêlé à celui d'une extrême angoisse. Ces flancs abrupts et ces affluents n'étaient pas sans leur rappeler leur extrême petitesse.

Le soir venu, quelques confessions furent échangées.

— Apistos, je me suis senti très mal aujourd'hui…

— A qui le dis-tu ?

— C'est bien la première fois que je reste seul face à ma conscience.

— En effet, c'est tellement difficile de se regarder en face.

— Toutes ces guerres qu'on a menées ;

— Toutes ces richesses qu'on a pillées au fil des années.

— Et qu'on a entassées dans nos tombeaux. Pourquoi au final ?

— Pour finir la tête dans une jarre de vin…

Les visages s'empourprèrent de honte. Guidés par le poids de leur défaite, ils rejoignirent la cabane, le pas nonchalant, la mine assombrie, dans l'espoir d'y trouver quelque sommeil.

✳✳✳

Les jours de la semaine défilèrent dans la plus grande discrétion. La journée passée aux endroits habituels se fit bien maussade. A leur retour, les chefs ouvrirent leur sac comme à leur habitude.

— Mes provisions ! Pistos sent sa mâchoire se crisper.

Fou de rage, il se jeta sur son compagnon qui, plaqué au sol, complètement ahuri, esquiva de justesse le coup de poing de son agresseur. La deuxième tentative ne se fit pas attendre. Apistos le repoussa avec fermeté, le faisant tomber à la renverse, bondit sur ses pieds, dégaine son épée et menaçant son adversaire dit :

— Non, mais ça ne va pas ? Quelle mouche t'a piqué ?
— Ne fais pas le canard[25]! C'est toi qui as volé mes provisions !

---

[25] Expression grecque qui signifie : faire semblant de ne pas être au courant alors que tout le monde sait.

Indigné par cette accusation, Apistos sentit monter sa colère. Il pointa son arme d'un geste agressif sur la gorge de son ami et fit :

— Ce n'est pas moi, bon sang ! Tu n'as qu'à vérifier par toi-même !

Pistos se figea un instant, les yeux rivés sur ceux de son ami. Ayant décelé le retour au calme, Apistos rengaina son glaive puis se dirigea vers le feu pour en sortir le repas du soir.

— Nous partagerons ce que j'ai ramené aujourd'hui.

Pistos se leva lentement, dépoussiéra son vêtement puis s'approcha du feu.

— Tu es sûr ? Hum… C'est certainement ce renard qui est repassé par là. Nous aurions dû en finir avec lui.

— Non, ce n'est pas possible, Apistos l'interrompt d'une voix posée. Il observe les flammes.

— Que veux-tu dire ?

— Il s'est passé une chose étrange aujourd'hui.

— Raconte !

— Au pied de la montagne, alors que je m'étais légèrement assoupi, j'ai senti une chaleur m'envahir. En ouvrant les yeux, j'ai découvert deux renardeaux blottis contre moi. Je n'osais pas bouger pour ne pas les réveiller. Quelques instants plus tard, j'ai pris peur. Le renard s'est approché, a récupéré ses petits puis il s'est éloigné en me lançant un dernier regard.

— Tu penses que c'est le même renard ?

— Absolument. Je l'ai reconnu à sa blessure.

Pistos émit quelques réserves ; Apistos avait pour habitude de plaisanter.

— Mais comment se fait-il qu'il t'ait fait confiance alors que tu l'as blessé ?

— Je ne comprends pas ce qu'il s'est passé. Il m'a également laissé une chose très étonnante.

— Qu'est-ce ?

— Ceci, dit Apistos en montrant le feu.

— Il t'a laissé un lièvre !

Apistos acquiesça.

Dans une ambiance festive, les papilles se délectèrent comme jamais de ce que la nature avait bien voulu leur offrir…

La nuit fut douce. Les hommes se réveillèrent, le sourire aux lèvres, apprêtés à regagner respectivement leurs lieux habituels. Cela faisait bien longtemps qu'ils n'avaient aussi bien dormi. Sans faire de cauchemars, ils n'avaient pas non plus fait de rêves. Un vide, un rien, comme si leur mémoire avaient fait abstraction de tous les carcans du passé. L'humeur enfantine, le cœur léger, ils parcoururent chacun la voie qui appelait leurs sens. Pistos s'émerveilla devant cette eau qui le gratifiait de son murmure. Apistos savoura l'instant où il grimpa pour la toute première fois au sommet de la montagne afin d'y admirer le coucher de soleil.

Le soir venu, Pistos revint avec de la compagnie.

— Eh bien ! que vois-je ? s'écrie de joie Apistos.

— Je les ai trouvés en train de brouter près de la source.

— Me voilà rassuré. Je me demandais comment nous allions regagner notre tribu. Il faudra bien les attacher, un rien suffirait à les effrayer…

Apistos se mordit les lèvres. Au souvenir de l'orage qui les avait surpris dans leur sommeil, un frisson lui parcourut l'échine. Non, ce n'était pas rien. Se sentir abandonné de toutes parts était terrifiant…

Les deux amis se rassirent près du feu.

— Malgré les épreuves que nous avons traversées dans cette forêt, j'ai comme l'impression que tout ceci va me manquer, soupire Pistos, mais je suis conscient qu'il faut rentrer chez nous. A propos, combien de jours nous reste-t-il ?

Apistos devint pâle.

— Ne me dis surtout pas que tu as oublié de compter les jours ! D'un bond, Pistos se retrouve dans la cabane à compter les cailloux puis revient à la charge, non, mais quel étourdi ! Neuf cailloux ? On a passé beaucoup plus de temps dans cette forêt !

— Tu es aussi fautif que moi. Je t'avais dit de me le rappeler !

— Par Jupiter ! Le mal est fait. Que fait-on maintenant ?

— Calmons-nous ! Par la longueur de ta barbe, je suis sûr que les quarante jours sont révolus.

— Si tu n'étais pas glabre, j'aurai compté les jours sur ta tronche ! Pistos bouillonne de l'intérieur.

Après un retour au calme, les hommes échangèrent enfin un regard. La colère se dissipa et la conversation put reprendre son cours normal autour du feu.

— Le Sage avait prédit que la solution apparaîtrait en nous mais je ne constate aucun changement physique. Enfin… si, un peu… je ressemble de plus en plus à un buisson avec cette barbe hirsute. Quant à toi qui avais le visage joufflu et le ventre grassouillet, on peut dire que tu as bien maigri ! Malgré cela- et ne le prends pas mal- si la solution avait pour but de faire de nous des éphèbes, c'est raté !

— Pistos, je ne me suis jamais aussi bien senti de ma vie…

— Bien ? Malgré le fait que nous n'ayons pas trouvé de solution ?

— Oui ! Bien, moralement. Je ne sais pas comment t'expliquer. Je me sens comment dire… un autre homme.

— Tu n'as pas tort. Je me sens différent.

— Et si c'était cela la solution dont parlait le Sage ?

D'un bond, Apistos se procura un bout de bois et humecta un peu le sol pour y transcrire leurs réflexions.

— Reprenons dès le commencement. Quels ont été les changements qui ont fait naître en nous ce sentiment d'être devenus quelqu'un d'autre ? lance Apistos avec enthousiasme.

— Nous n'avons plus touché au vin.

— C'est vrai. Après, si je me souviens bien, nous avons éprouvé le besoin de méditer.

— Nous avions aussi réduit considérablement les rations de nourriture.

— Cela a été difficile…

— Aussi, j'ai été très touché par ton geste mon ami.

— Lequel ?

— Tu as partagé ta nourriture avec moi.

Rappelé à cette bonne action, Apistos baissa les yeux.

— En effet, c'est bien la première fois que nous sommes confrontés à ce genre de situation. D'habitude, nous prenons, nous recevons et nous ne partageons rien.

— C'est donc cela la solution !

Le visage illuminé, les deux chefs se regardèrent d'un air satisfait.

De retour à la tribu, les chefs chargèrent les gardes de réunir tous les habitants. Surpris par cet appel hors du commun, les gens accoururent.

— *Ô gens ! Vous allez désormais accomplir des obligations sous peine de déclencher la colère des dieux,* Pistos s'adresse aux siens sur un ton solennel,

> *Ne vous enivrez pas !*
> *Méditez !*
> *Jeûnez !*
> *Faites l'aumône !*

Les gens s'en allèrent se concerter.

— Papa, que se passe-t-il ? lance un petit garçon à son père dont les traits s'étaient assombris.

— Dorénavant, nous devrons délaisser le vin, méditer, jeûner et faire l'aumône.

— Pourquoi papa ?

— Nous risquons de déclencher la colère des dieux si nous n'accomplissons pas ces obligations.

Apistos, voyant que le discours avait fait son effet sur la communauté de son ami, fit en ouvrant grandement ses bras vers les siens, confiant :

— Faites les mêmes obligations !

Contre toute attente, des voix d'indignation se levèrent. D'aucuns huèrent leur chef, d'autres ricanèrent face à l'absurdité de ses propos. Tous vaquèrent à leurs occupations sans se plier à une quelconque obligation.

Humilié, Apistos regagna sa tente.

Les jours suivants, il se passa des choses bien étranges à *Anarkhia*…

— De quel mal souffre-t-elle, docteur ? s'écrie un homme abattu.

— Votre mère a jeûné alors qu'elle était malade. Cela a aggravé son état.

— Que faire ?

— Elle ne doit plus jeûner. Son état de santé ne ferait qu'empirer.

— Mais c'est une obligation ! Ca déclencherait la colère des dieux !

Consterné, le médecin quitta la tente.

***

Le médecin poursuivit son chemin lorsqu'un vieil homme l'interpella.

— Docteur, je ne reconnais plus mon fils !

— Comment cela ?

— Il s'est renfermé sur lui-même. Il essaie d'accomplir toutes les obligations dictées par notre chef. Il en est arrivé à donner tout ce qu'il possédait jusqu'à sa propre tente ! Maintenant, c'est ma femme et moi qui l'entretenons lui et ses enfants alors que nous n'avons ni les moyens ni la santé pour le faire.

— Ne travaille-t-il pas ?

— Non. Il passe ses journées à méditer, à jeûner et à donner aux pauvres. Hier, je l'ai même surpris à vouloir donner les vêtements de ses enfants alors que ceux-ci en ont besoin. Que faire ? On dirait qu'il n'a plus aucun sentiment !

— Il souffre d'un mal occulte. Mes potions n'y pourront rien malheureusement.

Le guérisseur s'éloigna, caressant sa barbe de sa main, lorsqu'une femme l'apostropha.

— S'il vous plait docteur !

— Que se passe-t-il encore ?

— Mon mari est sûrement en proie à la démence ! lâche-t-elle, haletant.

— Je ne comprends pas.

— Il nous bat et jette le peu d'objets que nous possédons.

— Quand cela a-t-il commencé ?

— Tout a commencé quand il s'est mis à suivre scrupuleusement les obligations du chef. Depuis, il nous inflige plusieurs autres obligations.

— Lesquelles ?

— Il nous oblige à ne porter qu'un seul type de vêtement. Ainsi, j'ai dû me défaire de tous nos habits. Il tient pour obligation de ne pas envoyer les enfants à l'étude. Il leur interdit de jouer avec leurs camarades. Nous ne pouvons même plus rire en sa présence. J'étouffe docteur, je ne le reconnais plus !

— Et quand vous essayez de le raisonner, que dit-il ?

— Il dit que nous risquons la colère divine si nous n'accomplissons pas ces obligations.

— Je vous suggère de vous protéger pour l'instant.

— Comment faire ?

— Réfugiez-vous avec vos enfants auprès de votre famille, le temps de trouver une solution.

✳✳✳

Face à ces maux inconnus, le médecin resta perplexe. Il fut appelé sous une autre tente. Plusieurs personnes souffrantes gisaient sur le sol.

— Que se passe-t-il ici ?

— C'est à cause du manque, soupire une vieille dame qui passait des chiffons humides sur les visages fiévreux.

— Où est le vin ?

— Les chefs ont confisqué toutes les jarres.

Le médecin prescrit du romarin, cela nettoierait le foie.

— C'est tout ce que je peux faire pour le moment. Je suis dépassé.

***

Exténué, le médecin se décida à rentrer chez lui quand, tout à coup, une rixe éclata entre les gens de Pistos et ceux d'Apistos. Il allait encore avoir du travail. Une fois la querelle terminée et les habitants dispersés, il fut rappelé à son devoir.

— Que s'est-il passé ici ? il interroge un homme qui portait une bosse sur le front.
— La communauté de Pistos veut nous contraindre à accomplir leurs obligations. Ils veulent que nous nous laissions pousser la barbe ainsi que les cheveux et que nous portions tous des vêtements unis. Jamais nous ne nous laisserons faire !

Du côté opposé, sous une autre tente, le médecin fut appelé à soigner son adversaire.

— Que s'est-il passé ici ? dit-il, en examinant l'œil enflé de son patient.

— Les gens d'Apistos veulent nous obliger à nous raser la barbe, à nous couper les cheveux, à porter des vêtements comme les leurs. Jamais nous ne nous laisserons faire !

✳✳✳

Dépassé, le médecin s'en alla informer les chefs de la tribu. Seul Pistos l'accueillit, son ami étant plongé dans un profond sommeil. A la suite de leur entretien, son visage s'assombrit.

Effaré par ce cataclysme, Pistos se tourna vers son ami.

— Apistos, réveille-toi ! Je ne comprends plus rien !
— Que se passe-t-il ? répond-il nonchalamment, l'odeur du vin s'échappant de sa bouche pâteuse.

— Nous sommes tombés de Charybde en Scylla[26] !

— Hein ?

— Les miens rendent le tout obligatoire, en plus des obligations que je leur ai fait parvenir du Sage !

— Ah !

— La couleur et la forme de tissu sont devenues obligatoires. Ils porteront tous le même vêtement si ça n'est déjà fait. Les tanneurs, les tisserands et les marchands de tissus fermeront leurs commerces !

— Et ?

— Tes habitants se rebellent face à cette montée d'obligations en tous genres et tombent également dans l'extrême !

— Comment cela ? Apistos se redresse brusquement.

— Ils tiennent pour obligation de se raser la barbe et les cheveux, et moi je tiens à mes cheveux longs mon ami ! C'est une catastrophe ! Apistos ! Apistos ! Tu m'écoutes ? Encore ce satané vin ! J'ai besoin de tes esprits ! Pistos secoue son ami qui s'écroula sur la banquette. Mince ! Quoi faire ? s'écrie Pistos, se sentant

---

[26] Expression grecque qui signifie, de mal en pis.

seul tout d'un coup. Comment se fait-il que ces obligations ne mènent à rien de bon ?

Les gardes firent irruption dans la tente destinée aux invités d'honneur. Le chaman, allongé confortablement sur une klinê, faillit s'étouffer avec une grappe de raisin.

— Que me voulez-vous ? balbutie-t-il.

L'un des gardes l'attrapa par le cou tel un vulgaire gibier, le tira vers la sortie et l'envoya mordre la poussière. L'homme sentit son heure arriver. Levant timidement la tête, il fut saisi de frayeur. Son regard décela le courroux qui s'échappait des yeux de ses hôtes.

— Le Sage nous a trompés ! La voie qu'il nous a indiquée n'a fait qu'aggraver l'état de notre tribu ! Les gens souffrent davantage de maux. Vous avez certainement dû oublier de mettre mon cheveu dans le feu ! Apistos le fixe d'un œil réprobateur.

— Quant à moi, vous avez dû ne pas le mettre en entier !

L'homme, surpris par ces propos accusateurs, se défendit.

— Mais je vous assure que si ! J'ai bien mis vos deux cheveux dans le feu et c'est bien ce Sage-là qui s'est révélé à moi ! Si vous le souhaitez, nous retenterons l'expérience.

Les perles de sueurs glissèrent sur les joues de l'accusé.

Les chefs ordonnèrent aux gardes d'allumer un feu, bien décidés à aller au bout de l'aventure. D'un geste déterminé, ils remirent au mage deux cheveux, les yeux rivés sur les flammes qui ne firent qu'une bouchée de leurs poils. Le mage suffoqua intensément. Il poussa un cri s'apparentant au croassement d'un corbeau puis il s'effondra sur le sol.

Après avoir retrouvé ses esprits, les deux chefs suspendus à ses lèvres, le regardèrent avec insistance.

— Le même Sage m'est apparu. Lui et lui seul détient la réponse, fait le chaman d'une voix mourante.

— Allons-y Pistos ! Qu'on en finisse une fois pour toutes !

— Attendez…Souvenez-vous…Ses propos seront concis et vous ne pourrez ajouter mot.

Retraçant le sentier qui les avait menés à la grotte, les voyageurs arrivèrent enfin devant le Sage. Ils lui expliquèrent la situation dans ses moindres détails.

— *Vous n'avez pas suivi mes prescriptions,* répond-il.

Les chefs, exaspérés, contestèrent le propos du Sage, l'implorant de leur apporter une solution. Mais le temps passa et le silence se fit de plus en plus pesant dans les lieux. Les plaignants réalisèrent qu'ils n'obtiendraient rien de plus. A la sortie, les visages abattus, les hommes se dirigèrent machinalement vers leurs chevaux. Agacé, Pistos sortit de son mutisme.

— Nous ne sommes pas plus avancés ! dit-il en s'efforçant à monter sur son cheval.

— Je n'en peux plus…Tout cela pour rien ! Maugrée Apistos qui se réfugia derrière un grand chêne[27].

Pistos, inquiet du retard de son ami, descendit de sa monture puis s'approcha de l'arbre.

— Apistos !

Un silence de plomb se répandit dans les airs. Pistos s'agenouilla.

— Apistos ! Parle-moi !

Recroquevillé, Apistos répondit en retenant ses larmes.

— Laisse-moi Pistos. Je ne suis rien. Je ne vaux rien. Tout ce que je touche n'aboutit jamais à rien.

---

[27] Le chêne a une grande symbolique chez les Grecs. Arbre de Zeus, il représente la majesté, la force et la sagesse. Il est l'instrument de communication entre le Ciel et la terre. Les druides y accomplissaient leurs rituels.

— Ne dis pas cela mon ami. Tu es important pour moi. Tu n'es pas rien.

— Tu pourras avoir d'autres amis.

— Mais je ne me sens bien qu'en ta compagnie ! Souviens-toi de nos aventures… Nous avons passé tellement de moments ensemble et regarde ! Après toutes ces années, on est toujours ensemble… Alors relève-toi, cher ami, nous trouverons certainement la solution à notre problème.

— Tu as raison. Ça n'est certainement pas en m'apitoyant sur mon sort que je trouverai une solution.

Les chefs chevauchèrent leurs montures et rebroussèrent chemin. Ils passèrent devant le grand platane.

— Pistos, notre cabane est intacte !

— Je vois cela… Des petites bêtes s'y sont peut-être réfugiées entre-temps.

— Tiens. Il va encore pleuvoir ici.

Des gouttes de pluie tombèrent délicatement sur le sol. Les voyageurs s'installèrent à l'intérieur de l'abri qu'ils inspectèrent dans les moindres recoins puis s'endormirent profondément. Au réveil, ils se concertèrent.

— Pistos !

— Oui ?

— Je pense qu'Aristéas n'est pas un véritable chaman… A notre retour, il faudra nous en débarrasser.

— Je suis d'accord. Il nous a fait voyager à deux reprises pour rien. Mais en même temps, à quoi servira-t-il de le supprimer ? Nous ne serions pas plus avancés.

— Tu as raison. J'ai peur aussi qu'il nous jette un sortilège.

— Mais tu viens de dire que tu ne croyais pas en son chamanisme !

— Oui. Mais réfléchis un instant. Si on l'assassinait, ce sont des milliers de gens qui chercheraient à venger leur sorcier.

— C'est vrai. Et quel sortilège !

A l'évocation de cette hypothèse, les deux hommes frissonnèrent.

— Bien. Admettons que les deux parties aient raison, qu'est ce qui nous a échappé ?

— Peut-être que nous sommes restés moins de quarante jours dans la forêt.

— C'est plausible. Pourtant, nous avions trouvé une solution qui nous avait paru tellement évidente. Qu'allions-nous apprendre de plus ?

— Je ne sais pas.

— Il n'y a pas que cette histoire de jours. Nous sommes sûrement passés à côté d'un élément important. Commençons par reconstituer les discours. Qu'as-tu dicté exactement aux tiens ?

— J'ai dit qu'ils devront accomplir des obligations sous peine de déclencher la colère des dieux.

— Décidément, on tourne en rond. Pourtant quelque chose me dit que nous avons procédé de la mauvaise façon.

— Alors, séparons-nous pour méditer sur nos propos et retrouvons-nous ici, le soir, pour échanger nos idées.

****

Les chefs se séparèrent, l'un retrouvant sa source d'eau chaude et l'autre sa montagne. Après une longue journée de méditation, ils se retrouvèrent auprès des flammes.

— Qu'as-tu trouvé, Pistos ?

— A coup sûr, je leur ai fait peur lorsque j'ai mentionné la colère divine.

— Je n'en suis pas si sûr...

— Penses-tu ?

— Et bien, de mon côté, je n'ai fait allusion à aucun dieu et j'ai obtenu le même résultat que toi.

— Tu as raison. Cette histoire commence à m'épuiser. Il vaut mieux dormir, nous y réfléchirons demain.

****

Le lendemain matin, après un sommeil agité, les deux aventuriers se préparèrent à affronter une nouvelle journée. Pour ce deuxième voyage, les chefs n'avaient emporté dans leur besace que deux galettes qu'ils avaient avalées pendant le trajet.

— Il faudra chercher de la nourriture, fit Pistos dont le ventre se mit à gargouiller.

— Et si nous allions pêcher ?

— Je n'ai jamais pêché de ma vie.

— Moi non plus, mais il y a un commencement à tout.

Les chefs suivirent le cours d'eau que la source thermale alimentait et aboutirent à une rivière. Une myriade de perles scintillantes paraissait danser à sa surface. Les deux hommes s'arrêtèrent un instant. Leurs prunelles, éblouies par tant de grâce, s'imprégnaient de ce paysage ionien qui semblait n'avoir jamais été visité auparavant. Les observateurs se sentaient comme les conquérants d'une terre nouvelle. Mais l'expression de leur visage se défit lorsqu'ils distinguèrent des outils de pêche jetés à quelques pas de là sur le sol rocailleux.

D'un pas méfiant, prêts à dégainer leurs épées, les chefs s'avancèrent lentement, lançant des regards furtifs aux alentours. A cette heure tardive de la matinée, les pêcheurs avaient dû quitter les lieux, abandonnant quelques filets sur le rivage. Pas âme qui vive ; les hommes purent prendre leurs aises.

— Séparons-nous !

— D'accord, je me mets là-bas. Je parie que j'attraperai plus de poissons que toi ! nargue Apistos qui choisit d'abandonner son épée sur la rive pour faciliter ses mouvements.

— Tu paries combien ?

— Si je gagne, tu me cèderas ton cheval.

— Marché conclu. Tu me donneras le tien dans le cas contraire.

Les deux hommes se serrèrent la main puis se séparèrent, bien décidés à gagner cette compétition.

Quelques instants plus tard, dans ce calme qui s'abattit soudainement sur les environs, une créature sinueuse ondula sur les eaux. Sournoise, elle avança discrètement vers Apistos qui peinait à saisir une proie. Attirée par les mouvements vibratoires de ses pieds qui se déplaçaient sur les roches caillouteuses, elle s'approcha peu à peu du pêcheur, ouvrit brusquement sa mâchoire quand, tout à coup, l'homme fut poussé à l'eau par son compagnon. Muni de son épée, Pistos se lança dans un combat féroce avec la bête dont les mouvements vifs donnaient l'impression que son corps était constitué de plusieurs têtes. Telle l'hydre de lerne[28], les coups de lame semblaient décupler sa force et régénérer ses membres. Essoufflé, Pistos puisa dans ses dernières ressources, serra le manche de l'épée de ses deux mains et l'enfonça violemment dans la gueule saillante qui se dirigeait droit vers lui. Un liquide visqueux gicla sur son visage, la bête tomba lourdement dans les eaux. Apistos s'approcha d'un pas lourd de la mare de sang. Il observa longuement l'animal puis, reconnaissant envers son ami, il murmura :

---

[28] Créature mythologique à neuf têtes qui constitue le deuxième des douze travaux d'Héraclès.

— Pistos, je te dois la vie.

— Je n'ai plus envie de pêcher, répondit l'homme d'une voix étranglée par l'émotion.

Apistos se courba pour récupérer son filet qui s'agitait d'une étrange façon.

— Je tiens un poisson !

Le visage de Pistos blêmit. Perdant son pari, il devrait céder sa monture.

— Je n'oserai jamais prendre ton cheval, il est laid comme un pou, s'esclaffe Apistos d'un air taquin, on fêtera ma résurrection avec cette jolie prise ! Je suis désolé de t'annoncer que…tu me supporteras encore de longues années, mon ami !

Soulagé, Pistos se décrispa, laissant échapper des rires incontrôlés quand soudain, pris d'un malaise, il s'agenouilla, le visage pâle, la mâchoire crispée, le regard effrayé qui fixait l'eau rougeâtre.

Certaines réminiscences ressurgirent en lui par fragments, ouvrant la plaie qu'il s'évertuait à panser depuis de longues années. Des hommes, des femmes, des âmes à la fleur de l'âge baignaient dans des mares de sang ; des abris incendiés, des arbres décimés, des chevaux qui poussaient leur dernier soupir, et tout au fond, un vieil homme à terre dont la blessure profonde annonçait une fin certaine.

— Père ! gémit Pistos.

Quelque chose d'anormal se passait, Apistos en était certain. Son ami ne semblait pas conscient de ce qu'il disait.

— Pistos, qu'y a-t-il ? Parle-moi !

Le pouls s'accéléra, tout semblait si lointain, si étrange. Le visage qui le fixait se déformait. Son corps se mit à vaciller puis il s'écroula. Il était là, étendu, les paupières grandes ouvertes. Il écoutait son souffle lent, sa tête embrumée l'empêchant de saisir le message que ces lèvres penchées lui adressaient, ces mêmes lèvres qui finirent par se figer d'effroi. La bête ne l'avait pas épargné. Une petite trace de morsure ornait son poignet. L'heure était grave. Il fallait agir au plus vite. Apistos se raidit, traversé par divers sentiments et questionnements. Que faire ? Leur tribu était éloignée. Quant aux villageois, ils ne se préoccuperaient guère du sort de son ami. Pistos ressemblait à un pantin sans vie, seul un air chaud s'échappait de sa bouche. Soudain, le Sage lui vint à l'esprit. Il allait sûrement l'aider. Apistos transporta son compagnon à dos de cheval et galopa en direction de la caverne. Dans ce lieu sombre, il soumit sa requête en espérant que le Sage se manifeste.

Le vent mugissait, faisant tomber les quelques gouttes d'eau qui s'agrippaient tant bien que mal au plafond. Le visage trempé, Apistos supplia, cria, pleura, donna des coups de pieds aux parois mais en vain. Il fallait se rendre à l'évidence. Personne ne répondra cette fois-ci. Il sortit de cet endroit, le cœur meurtri, à la vue de ce frère qui périssait devant ses yeux.

Dans ce tourbillon de pensées, l'image du platane[29] vint à son esprit. Pourquoi n'y avait-il pas songé auparavant ? Le temps devint précieux. Chaque instant comptait. Il retourna au pied de l'arbre. Les yeux clos, il s'efforça de rassembler ses souvenirs. Le médecin avait soigné une plaie envenimée ainsi. Désormais, tout devint limpide. Il étendit son compagnon dans la cabane et prit son visage entre ses mains tremblantes.

— Tu guériras, je te le promets.

— Apistos…

— Chut ! Ménage tes forces, je vais te couvrir, tu trembles.

— Si je venais à partir…pardonne-moi de t'avoir… accusé de vol…

Apistos serra la main de son ami.

---

[29] D'après Pline, les bourgeons, les feuilles et l'écorce du platane étaient utilisés pour remédier au venin des serpents, Voir : Dictionnaire universel de matière médicale et de thérapeutique générale de François Victor Mérat.

— C'est tout oublié. Tu n'as pas le droit de m'abandonner.

— Je serai toujours près de toi…

— Tiens bon ! Je reviens tout de suite, dit Apistos dont les yeux s'embuaient de larmes.

Ces mots prononcés, il grimpa sur l'arbre et revint avec les feuilles du platane, quelques bourgeons et une partie de l'écorce. Il prépara la décoction qu'il administra au souffrant. Dès lors, il ne restait plus qu'à espérer…

***

Le temps parut long, très long. Pistos poussait des gémissements à quelques intervalles en se mouvant de douleur. Apistos redoutait le pire. Le moindre mouvement le faisait sursauter. L'attente était interminable. Ses paupières se refermaient de fatigue et il finit par s'assoupir. Quelques instants plus tard, alerté par son subconscient, il s'extirpa des bras de

Morphée[30]. Le cœur battant, il se releva brusquement et jeta un œil sur son malade.

Un silence funèbre s'était répandu dans la cabane. Le souffrant ne bougeait plus ; le corps inerte, les yeux clos, le teint blafard, les membres relâchés comme s'ils avaient livré leur dernier combat. Apistos resta immobile, le dos courbé, s'accrochant aux parois de ce lieu étriqué pour ne pas s'effondrer. Il n'écoutait plus que son propre souffle entrecoupé par l'émoi. Dans son désarroi, les battements de son cœur se confondaient avec ces tintements qu'on sonnait pour les morts. Paniqué, il courut vers le platane, s'accroupit en déposant ses mains tremblantes sur le tronc, enfonçant de rage ses ongles dans l'écorce puis il laissa échapper de ses entrailles un hurlement déchirant.

La nature se joignit à cette souffrance. Le vent expira délicatement le souffle qu'elle retenait en son

---

[30] Divinité grecque, représentée par un jeune homme avec des ailes de papillon, tenant un miroir dans une main et des pavots de l'autre pour endormir les mortels.

sein provoquant le balancement des feuillages qui chuchotaient leurs doléances comme si la crainte d'être entendue ou mal interprétée les appelait à plus de retenue tandis qu'un gros nuage, moins précautionneux, laissa éclater en trombe ses sanglots.

Trempé jusqu'aux os, Apistos rejoignit la cabane d'un pas lourd. Il s'agenouilla auprès de son ami et pleura ce compagnon que la vie lui avait arraché. Jamais il n'avait ressenti de douleur aussi vive. Cet ami d'enfance, fripon, rêveur, au corps robuste et à l'âme juvénile, cet homme qui avait sauvé sa vie en risquant la sienne avait rejoint le royaume des morts…

Cette inconnue, au pas boiteux, vieille comme le monde, a toujours frappé aux portes à des moments impromptus. Pour accueil, elle reçut rarement un sourire. Telle une lépreuse, elle avait ce don de provoquer dans les consciences un sentiment de rejet, de peur, de tristesse, d'angoisse, de colère et des fois même de déni. Pourtant, elle ne souhaitait que cette chose qui a été donné à l'Homme à son détriment ; embrasser la vie. Et plus elle essayait, plus elle se sentait mal aimée par ces Humains qui conspiraient continuellement à la chasser en mobilisant leurs savoirs dans l'espoir de retarder sa venue. Mais elle finissait toujours par réapparaître car, tout compte fait, elle gardait foi en la sagesse des hommes...

Apistos inspira profondément pour calmer son esprit. Il regarda tendrement son ami et se mit à chercher quelque chose dans son sac, une pièce d'*Anarkhia* qu'il introduisit dans la bouche du défunt[31] comme le voulait la coutume de ce dernier. Il ferma les yeux pour contenir ses larmes, et marmonna ce qui ressemblait étrangement à une prière quand tout à coup, le corps de Pistos fut saisi d'une secousse et la pièce fut violemment projetée sur la paroi.

Effaré, le chef recula d'un bond puis il s'approcha de plus près et tendit l'oreille. Le cœur de Pistos battait toujours. Il s'était tout simplement endormi !

---

[31] Coutume de la Grèce antique ayant pour but de faciliter le passage vers l'autre monde.

La bêtise est humaine, disait-on. L'on pouvait penser que le passeur avait, au même titre que le patron de la taverne, refusé la fausse pièce de monnaie à son client, l'empêchant d'accéder à l'autre monde. Mais la réalité était tout autre. C'est ce qu'Apistos comprit en méditant sur sa propre personne au pied du platane, bien après avoir déversé des larmes de joie au réveil de son ami. En se convaincant de la mort de ce dernier, il oublia une chose des plus simples, des plus banales ; vérifier son pouls. La peur avait eu une grande emprise sur lui. Adossé au tronc, une feuille se détacha de l'arbre et lui frôla la main. Il interrogea le platane du regard.

D'un pas décidé, il s'en alla chercher le repas du soir et couper quelques bois pour la cuisson. Au cours des trois jours qui suivirent, il fut amené à répéter les mêmes gestes, à accomplir les mêmes tâches tout en y apportant une touche d'affection. A aucun moment il n'éprouva de la lassitude face à ce rituel qu'il établit et vit en la répétition de l'action, l'émergence d'un sens nouveau. Trois jours passèrent, trois jours où il accomplit un jeûne[32] des plus étranges. Il ne parla à personne, son compagnon ne pouvant guère échanger. Dans sa retraite du verbe, il redécouvrit ses sens. Ainsi, se donna-t-il le temps de la réflexion, son regard devint plus profond, ses gestes plus agiles. Dans ses moments de silence, il reconsidéra la vie autrement. Il découvrit une autre forme de liberté, bien différente de celle qui consistait à s'affranchir des règles et des conventions. Une liberté que l'Homme ne pouvait atteindre que s'il abandonnait son égocentrisme en se mettant au service des plus faibles…

A la nuit tombée, alors qu'Apistos lançait des copeaux de bois dans la braise, une silhouette se dressa derrière lui. Effaré, il se retourna.

---

[32] Le jeûne de la parole.

— Je ne savais pas que je ressemblais à un fantôme…fait une voix familière.

— Pistos ! Tu m'as fait une de ces peurs !

— L'odeur du repas m'a titillé les narines, ça change de la mixture infecte que tu t'es amusé à me servir jusque-là.

— Tu es un sacré numéro !

— Et toi, un sacré médecin.

L'épreuve traversée, les compagnons échangèrent au pied du platane, se baignèrent dans la source d'eau chaude, s'éclaboussant comme des enfants, riant à pleines dents de leurs prouesses puis gravirent la montagne pour admirer ensemble le coucher de soleil.

De retour à leur campement, les deux hommes s'apprêtaient à déguster le repas du soir.

— La solution est en nous, a dit le Sage, lance Pistos. Où est donc la faille ?

— Peut-être avons-nous employé un discours différent…

— Mais tu avais dit qu'il ne s'agissait pas de cela, puisque, n'ayant pas fait référence aux dieux, tu as obtenu le même résultat que moi.

— Je veux dire un discours différent de celui émanant de notre vécu.

— Tu insinues que nous avons employé la mauvaise méthode dès le départ ?

— Oui.

Décontenancé, Pistos le scruta longuement.

— Pourquoi m'as-tu sauvé ? reprend Apistos en fixant son ami avec grand intérêt.

— Je ne me suis pas posé la question. Tout ce qui m'importait, c'est que tu restes en vie. Pour quelle raison demandes-tu cela ?

— Quelqu'un t'a-t-il obligé à le faire ?

— Non, bien sûr que non !

— Tu as alors agi de ton plein gré.

— Mais où veux-tu en venir ?

Apistos se tut un instant pour se donner le temps de la réflexion puis reprit :

— Le Sage ne nous a jamais obligés à rester dans la forêt. Nous l'avons fait de notre plein gré. Nous avons choisi de rester ici, tout en sachant que nous n'avions plus de vin ni assez de nourriture. Pour résister, nous nous sommes adonnés à la méditation.

— Tu es allé jusqu'à partager ton repas avec moi.

— Tout ceci était si naturel, si instinctif. Or, de retour à notre tribu, nous avons employé un discours bien contraignant.

— Il est vrai que j'ai fait référence à la colère des dieux. Je m'étais dit qu'en procédant ainsi, les habitants m'obéiraient. Force est de constater qu'employer la peur à des fins dissuasives a des effets dévastateurs.

— En effet. Cependant, nous avons employé une formulation encore plus contraignante. Tu te souviens du maître de langue que nous avions étant petit ?

— Celui qui nous avait chassé de l'étude à coups de sandales ?

— Non, pas celui-là ! Bon, j'ai oublié son nom. Qu'importe !

— Je pense savoir de qui tu parles. Que vient faire ce grammairien dans cette forêt ? Mais attends un peu, je commence à comprendre ! C'est à cause de la forme impérative que nous avons employée dans nos énoncés !

— Je n'en suis pas si sûr…

Apistos fronça le sourcil puis se saisit d'une bûchette qu'il lança dans le feu. Soudain, il se retourna vers son ami.

— Tais-toi !

Surpris par cette injonction qui froissa son égo, Pistos se redressa brusquement. Envahi par la colère, son visage s'empourpra, sa mâchoire se raidit.

— Qui t'autorises à me parler sur ce ton ? Qu'insinues-tu ? Que mes paroles sont inintéressantes ?

— Calme-toi et assis-toi que je t'explique.

Pistos inspira un grand coup pour contenir sa frustration puis il se rassit.

— As-tu remarqué que j'ai employé la forme impérative dans les deux énoncés ?

— Euh, oui. fit Pistos en écarquillant les yeux.

— Tu as vu comment la première injonction t'a froissé, et comment tu t'es rebellé ?

— Et ?

— Et pourtant, j'ai employé une forme impérative qui t'a fait accepter mon invitation.

— Je pensais que l'impératif revêtait forcément un caractère obligatoire !

— Et bien, non. Je ne t'ai obligé ni à te calmer ni à t'asseoir. Je t'ai simplement invité à le faire en précisant la finalité.

Pistos baissa le regard un instant, s'efforçant à comprendre les propos de son ami.

— Mais alors, si l'impératif n'implique pas forcément une contrainte, où est-elle ?

— Dans un mot que nous avons mentionné tous les deux.

— Tu veux dire le mot…Obligation !

— C'est cela.

— Tu crois réellement qu'un tout petit mot aurait eu autant de conséquences ?

Apistos se renferma dans son silence puis répondit avec conviction.

— Oui. Sans aucun doute.

— Explique !

— L'obligation implique une contrainte. Elle ne sollicite aucunement le libre arbitre de l'individu. Elle provoque chez l'auditeur soit une soumission aveugle soit une rébellion. Ce terme engendre des êtres malheureux.

— En y songeant. C'est exactement ce qui s'est passé dans notre tribu !

— Pourtant, le Sage n'a jamais employé ce mot…

— En effet, dans ses propos concis, il a mentionné à deux reprises « la prescription ». Cependant, quelle différence y a-t-il ?

Après un moment de réflexion, Pistos reprit la conversation.

— Grâce à toi mon cher Apistos, les choses me paraissent plus évidentes…

— Que veux-tu dire ?

— La prescription, contrairement à l'obligation, encourage le libre arbitre. Elle responsabilise les individus.

— Je ne comprends pas.

— Quand le médecin nous a auscultés pour nos douleurs de tête, à aucun moment il ne nous a obligés à nous soigner. Il a simplement expliqué la finalité de sa prescription et nous avons pris son remède naturellement.

Rappelé à ce souvenir, Apistos se tut un instant pour méditer cet exemple. D'un hochement de tête, il répondit :

— C'est vrai. Quand nous obligeons une personne à accomplir un acte, nous ne lui en expliquons pas la finalité. Ni son avis ni ses sentiments ne sont pris en considération lors de ce processus. Oui, la différence est flagrante entre ces deux termes. L'obligation ne sollicite pas le questionnement, la réflexion et la méditation. C'est une notion culpabilisante qui empêche les gens de donner de leur personne avec amour.

— Tiens…cela fait bien longtemps que je n'ai entendu ce mot.

— Quel mot ?

— Amour.

— C'est vrai que pour les barbares que nous sommes, cela semble sonner faux mais j'ai l'impression que ce sentiment est enfoui en chacun de nous et qu'il se manifeste de diverses façons. N'as-tu donc pas risqué ta vie pour moi ?

— Et tu as donné de ta personne en veillant à mon chevet.

—Tout ceci était si naturel. La notion de prescription est libératrice. Elle réconcilie l'homme avec le mystère qui l'entoure. C'est une notion qui responsabilise les individus sans les culpabiliser. Elle active en chaque être des mécanismes latents. Elle invite l'intellect à se questionner sur ses pratiques. Elle combat le suivisme aveugle et les réactions extrêmes.

— Et dire que les termes employés ont le pouvoir de conditionner nos vies ! Nous n'avons fait qu'émettre des obligations à notre peuple.

— Le Sage avait alors raison ! Nous n'avons pas suivi ses prescriptions.

— Maintenant Pistos, analysons ce que nous avons ressenti au cours de cette expérience.

— Quand nous avons manqué de vin, je me suis senti très mal au début, la boisson ayant une emprise très forte sur moi. J'ai vaincu ma dépendance. Désormais mes idées sont plus claires.

— Me concernant, j'ai toujours eu tendance à vouloir fuir les problèmes au lieu de les affronter, quelques fois par lâcheté, souvent par culpabilité, et comme tu l'as constaté, il a suffi d'une défaite de plus pour replonger dans le vice.

— Oui, mais au moment de l'expérience, qu'as-tu ressenti ?

— Je me suis senti vivre, moi qui me contente d'exister. C'est bien la première fois que je prends du temps pour moi. D'habitude, je suis toujours là à songer à la bataille que nous allons mener, aux biens dont nous allons nous emparer, mais je ne me rendais pas compte que le plus grand combat que je devrais mener aurait pour adversaire mon égo. L'on m'a informé que les chamans échangeaient avec la nature. Avant, je me moquais de ceux qui parlaient aux arbres ou aux animaux qui ne leur répondaient guère. Mais aussi surprenant que cela puisse paraître, au cours de mes journées passées à la montagne, je me suis surpris à questionner les éléments qui m'entouraient. Malgré le fait que je n'obtenais pas de réponse intelligible, je me suis senti apaisé. Ce qui est surprenant car la logique veut que si nous n'obtenons pas de réponse, nous soyons frustrés ou tourmentés. Etrange paradoxe…Peut-être, est-ce là que se trouve la plus belle des réponses ?

— Tu as si bien décrit ma propre expérience que je n'ai plus rien à ajouter. Mon cher Apistos, je ne t'ai jamais cru philosophe !

— Je ne pensais pas l'être non plus. Je me découvre à l'instant.

Les hommes éclatèrent de rire puis reprirent la discussion.

— L'expérience du jeûne a été difficile pour moi au départ, confie Pistos, je me suis senti affaibli. Je n'arrivais pas à réfléchir à notre problème. J'attendais le soir avec impatience pour assouvir ma faim. Mais les jours suivants, mon corps devint plus agile, mon esprit plus léger. Je ne pensais plus à la nourriture qui avait auparavant une si grande emprise sur moi.

— Moi aussi, j'ai eu beaucoup de mal à me détacher de la nourriture. Je ne pensais pas que mon propre corps me réclamerait un jour le jeûne. Je croyais que cela n'était réservé qu'aux ascètes. Je me suis rendu compte que je ne connaissais rien de mon corps, rien de son fonctionnement, rien de ses limites. Je lui affligeais continuellement les supplices d'une nourriture excessive ou malsaine. Après cette expérience, je réalise que ma santé physique et morale s'était améliorée. D'ailleurs, chose étonnante, et je ne sais si c'est lié, mais je ne souffre plus de démangeaisons.

— C'est vrai que ça fait longtemps que je ne t'ai pas vu te gratter.

— Mais alors, pourquoi avons-nous tout délaissé alors que nous nous sommes sentis si bien à l'instant ?

— Parce que notre passé empli de défaites nous a rattrapés…

Les hommes se turent un instant, voyageant dans leurs souvenirs.

— Tu as partagé ta nourriture avec moi quand j'avais faim. Cela m'a beaucoup touché, car tu aurais pu me laisser retourner le ventre vide à la tribu.

— C'est à moi de te remercier Pistos. Tu m'as donné l'occasion de découvrir une part de moi-même que je ne soupçonnais pas. Je ne savais pas que mon don pouvait m'apporter autant de bonheur. Je me suis senti utile à quelque chose.

— Si tu n'avais pas partagé ton repas avec moi, je serai affaibli et je n'aurai pas eu la concentration suffisante pour tuer la bête.

Les chefs examinèrent ce qui était ressorti de leur expérience.

— Que penses-tu de ces prescriptions, mon cher Apistos ?

— Je pense que la voix de l'instinct et celle du Sage sont en parfaite symbiose…

Les chefs, sans le savoir, avaient complété les quarante jours dans la forêt. De retour dans leur tribu, ils réunirent les habitants, restituèrent les jarres de vin et répartirent l'ensemble des biens qu'ils possédaient. Ils se tournèrent vers la foule et firent cette déclaration.

— Ô gens, nous venons tous les deux avec des prescriptions et non des obligations.

Ne vous enivrez pas, vous aurez l'esprit clair !
Méditez, vous créerez des liens avec l'univers !
Jeûnez si vous êtes bien portant, vous aurez
une santé de fer !
Faites don de vos biens et de votre personne avec amour et
juste mesure, vous vaincrez la misère !

— Nulle contrainte dans ces prescriptions, ajoute Apistos.

Des gens éclairés par la méditation apparurent. Délaissant la conception de l'avoir, consistant à entasser des richesses tarissables, source de souffrance, ils investirent dans une nouvelle économie, source pérenne de bonheur, celle de la connaissance de l'être et de ce qui l'entoure. Les habitants, plus attentifs aux besoins de leurs corps et de leurs âmes évitèrent tout excès, écartant ainsi plusieurs maladies. Des gens attentifs aux discours et aux mots employés, acquirent plus de sagesse et de clairvoyance. Et pour conclure, l'entraide qui naquit de la bonté des hommes éradiqua la pauvreté et rééquilibra la balance.

Ces préceptes instinctifs furent soigneusement enseignés dans les tribus voisines ; des « Rappels » que l'on retrouva dans d'autres contrées à une date bien antérieure à ce récit. Des recommandations universelles qui ont traversé le temps, les frontières géographiques, générationnelles et idéologiques.

Aristéas se plaisait beaucoup dans cet endroit. Six ans plus tard[33], de retour à son île natale, il composa son célèbre poème épique *Arimaspée* où il fit part de ses voyages fantastiques sur des terres inconnues. N'aurait-il pas fait allusion à *Anarkhia* dans son écrit ?

Loin des thèses ayant adopté une approche littéraliste du texte d'Hérodote[34] relatant l'histoire de peuples étranges qui se faisaient la guerre aux confins du monde, la piste métaphorique ne pourrait-elle pas être envisagée ? Son écrit ne décrivait-il pas en réalité une seule et même peuplade qui aurait connu une évolution morale ? Ainsi, les Arimaspes, ces créatures décrites comme étant des cyclopes, n'étaient-elles pas la représentation imagée de l'Homme qui ne voit le monde que d'un seul œil ? Les deux chefs n'avaient-ils pas été chassés de leur terre natale à cause de leur manque de clairvoyance puis, en s'ouvrant au monde, n'avaient-ils pas vaincu les Arimaspes qui

---

[33] Hérodote IV, 14.
[34] Voir texte d'Hérodote page 7, introduction.

sommeillaient en eux ? De même, n'avaient-ils pas vaincu les griffons, gardiens de l'or, en abandonnant la course aux richesses au profit d'un monde pluraliste ? Aristéas ne se trouvait-il pas alors en Hyperborée, cette contrée éclairée qui avait atteint la sagesse et la paix intérieure ? Une terre qui ne menait aucune guerre contre ses voisins, la plus grande des guerres étant celles menées contre leur égo ? Nul ne saurait le dire…

Les deux chefs se regardèrent, le visage radieux.

— Trinquons mon ami à notre nouvelle vie !
— Trinquons avec ce breuvage exotique qui maintient nos esprits éveillés.
— Te souviens-tu Apistos ?
— Oui. Et comment oublierais-je ?

Textes à méditer

L'obligation

« Toute **obligation**, même la plus douce, pèse au jeune âge: il faut avoir expérimenté la vie pour reconnaître la nécessité d'un joug et celle du travail » *Honoré de Balzac*

« Toute **obligation** est une entrave qui répugne à la liberté naturelle » *Pierre Choderlos de Laclos*

« Le véritable amour naît de la connaissance et non du sentiment d'**obligation** ou de culpabilité ». *Alan Watts*

La prescription

Bouddha :

« Que l'Univers soit éternel ou non, vous serez toujours confronté à la naissance, à la décrépitude et à la mort, de même qu'aux soucis, au chagrin et au désespoir, contre lesquels je vous **prescris** dès maintenant l'Antidote. » ou encore « Je vous **prescris** une solution pour résoudre le problème de la vie »

Torah, Nombres, 15, 23

« Tout ce que l'Éternel a **prescrit** à votre intention par l'organe de Moïse, et cela depuis l'époque où l'Éternel l'a **prescrit** jusqu'à vos générations ultérieures »

Louis Second Bible

« L'inimitié, ayant anéanti par sa chair la loi des ordonnances dans ses **prescriptions**, afin de créer en lui-même avec les deux un seul homme nouveau, en établissant la paix. »

Coran (S. la Vache V183-V184)

« Ô vous qui avez cru ! On vous a **prescrit** le jeûne comme on l'a **prescrit** à ceux d'avant vous, ainsi atteindrez-vous la *Taqwa*[35], pendant un nombre déterminé de jours. Quiconque d'entre vous est malade ou en voyage, devra jeûner un nombre égal d'autres jours. Mais pour ceux qui ne pourraient le supporter qu'avec grande difficulté, il y a une compensation, nourrir un pauvre. Et si quelqu'un fait plus de son

---

[35] L'élévation morale et le renforcement physique, traduit par la piété, dérivé du mot quwwa qui signifie force.

propre gré, c'est pour lui ; mais il est mieux pour vous
de jeûner ; si vous saviez ! »

Remerciements

Aux constituantes de mon âme…

Papa, je te dédie cette œuvre en souvenir de nos veillées passées à corriger cet écrit. Maman, je te remercie d'avoir toujours cru en moi ainsi que mes frères.

A toi, mon amour, que je ne remercierai jamais assez pour ton investissement et ton soutien.

A vous, mes chers enfants, qui me donnez la force de continuer.

A ma famille, mes amis, aux auteurs que j'ai eu le privilège de lire, aux chroniqueurs et lecteurs pour vos encouragements.

A ceux qui se questionnent…

Aviscène

ANARKHIA